TABLETTE ORANGE

LIVRE JEUNESSE

DE 6 ANS A 17 ANS

TABLETTE ORANGE

CHAPITRE 1 SANS NOUVELLE

PLOUFF il fait super froid les

tempête hivernal sont la
elles sont quand même de

plus en plus fort chaque année
en tous cas ils faudrait prévenir

 MAMAN LK et d'ailleur jumeaux
ENCRE NOIR a tu des nouvelles

de p'tit diable numéro 2 ça fait
o moin 20 semaines qu'ont

a pas de nouvelles de p'tit
 diable numéro 2 .

LES garçons avez vous vu p'tit diable
 numéro 2 sa fait au moins 8 jours que les équipes.

KART

P TIT ANGE NOIR

LES 4 JUMEAUX MALÉFIQUES

LES 5 RAPIDOS

LES 6 DIABLOTIN

ET LES JUMEAUX ANGE NOIR

CHAPITRE 2 OO
OO les équipes

KART

P'TIT ANGE NOIR

LES 4 JUMEAUX MALÉFIQUES

LES 5 RAPIDOS

LES 6 DIABLOTIN

LES JUMEAUX ANGE NOIR

LES 5 DÉTACHE

LES 5 BEAUX GOSSES

LES JUMEAUX ENCRE NOIR

LES P'TIT DIABLES NUMÉRO 1 ET 3

avec vous des nouvelles

de p'tit diables numéro 2

MUDOUME et SÉBASTIEN LE RET

on repris les clinique

JEANNE et JEANNETTE LE RET
ils étaient en formation

et en dépression au
 BAHAMAS ils sont partie

en urgence il y avait
u des épidémie de gastro.

CHAPITRE 3 GATEAUX SURPRISE

WOUHA SURPRISE mince
on pensait que c'était

p'tit diable numéro 2
on a tous fait pour le

fait venir y compris achetés
des gâteaux.MERE on a

 tous essayé y compris
les dernières tentatives

et o fait on a essayé
de mettre des sac de

 bonbon surprise mais
rien i fait ils continu

de ne pas nous donner
signe de vie.

CHAPITRE 4   ATTRAPPE

GHROUM

BOUGE pas p'tit diable
numéro 2 allor comment

ça va hein ça fait 8 mois
que tu continu de vivre loin

de nous pour qu'elle motive
hein.C'est à cause de.

(MAMAN)

elle et en colère contre

moi et en plus elle

ma interdit de vous
en parler mais je suis

supposé resté caché.
OK je fait comme ci

je t'avais pas vu pas
contre dit-moi ou je

pourrais de trouvé
Ici c'est besoin de te retrouver.

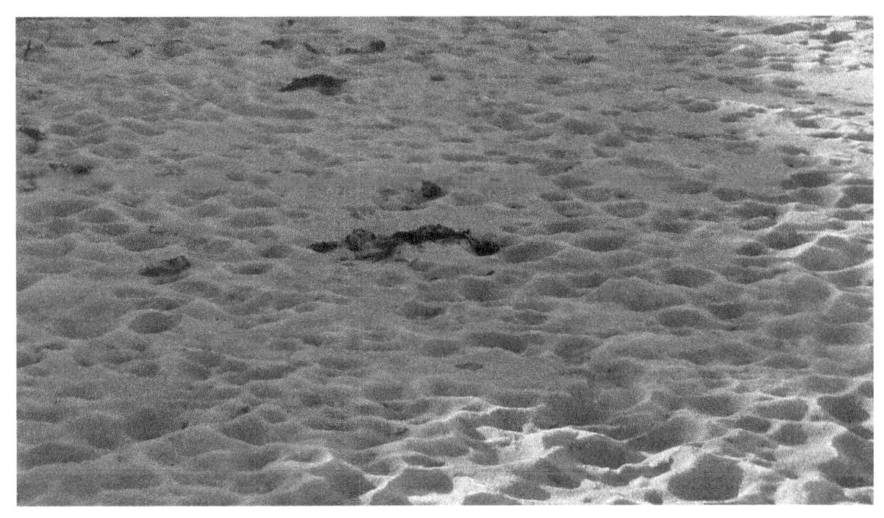

CHAPITRE 5 GOÛTE EN CACHETTE

GHROUM

CHUUUUT

p'tit frère tien
on t'a ramené les

tablettes de chocolat a
l'orange et les tablettes

kinder surprise pas
contre on te prévient

les grand ENCRE NOIR
et ANGE NOIR te

cherche par tous et
en plus ils sont très

inquiète.OK mais je
ne peux pas encore

rentrée à la maison mère
et papa on donnée

des indication très claires
la dessus en tous cas

 j'ai hâte de retrouver
mon appartement a quiberon.

GHROUM

GRAND PLOUME
p'tit vilain petit canard

alor comme sa tu
ne donne pas de

signe de vie et
en plus ont a fait

pas mal de recherche
en tous cas j'espère

que tu prendra conte
que tu a fuit tous

sa pour couvrire
les parents en tous

 cas j'espère que
tu va revenir très

vite à l'appartement de Quiberon.

chapitre 7 ménage dans la cachette de p'tit diable
numéro 2

 ALLEE reste collé au

mur p'tit diable numéro 2

pas contre je te préviens
c'est moi qui va s'occuper

de ta cachette et en plus
tu a besoin d'une

bonne douche allée
bouge pas et oui j'ai

ramené des affaires
de toilette.NON pas

de discussion.tu sens
trop fort allez enlève

tous en plus tu a de
la chance c'est moi

qui reste pendant 3 jours
avec toi et dans ta

planque pas contre ça
 va être grand ménage

et oui ils faut tout
 lavé et rangé en intégralité

(20 minutes plus tard)

ALLEE voila tes

nouveaux poncho pas
contre je te prévien je

te laisse si tu a
1 explication très claires

MAMAN a dit que si
je parlais maintenant elle

serait très déçus et
en plus c'est 1 surprise

composition de couverture COUDRIN

DÉPÔT LÉGAL   15 JANVIER 2023

ISBN 978 2 494451 7 59
PRIX
6.50€
9782494451759